U0789167

中華再造善本

據寧波天一閣博物館藏稿
本影印

據寧波天一閣博物館藏稿
本影印

[illegible]

癸巳上元小譜氏拓於小足閒居

疏影樓詞凡二卷余友姚子埜橋以埜橋為甬上名儒子
生稟異資於學無所不窺而尤邃于詩詩之工美姑置弗論其
鑿腸搯腎冥搜瞑求萃畢生之心思才力而與之顛倒生大者
於詞較深近人無與敵也詞學自李唐以迄昭代前賢已有
成說不必為以者章合比擬深贊一詞乃其生平得力之
處追踪秦柳貽息蘇辛而裁于梦窗竹屋之間沉幽固閎
揮灑流宕體製不名一長當其模影象形合南宋諸家神（雄聲傑邑）
明而變化之收拾豪橫覃精擢思極毫釐分寸之辨伯乎

弄墨則驊然書然揮毫落紙若墜若偪若猛獅搏毬若

烈風送雨而紀白儷者一造乎工穆嗚呼可以傳矣楚橋為

人疎曠無為時輩所擠家貧落魄輒思橐筆以四方之

游因循未果壬辰秋余識君于吴山旅舍踰年始訂交自維

相契之深而知之者素也因昵為之序

道光十三年癸巳燈朝後三日平湖姚儒俠書于武林行館

臨江仙詞[illegible]

上湖施旻呈稿

[illegible]眠兄婿

暮雨天涯月橫鉤[illegible]城東[illegible]

重高樓。[illegible]

暮天秋人在心頭。

[illegible]

杭江曹[illegible]拜讀一過

[illegible]

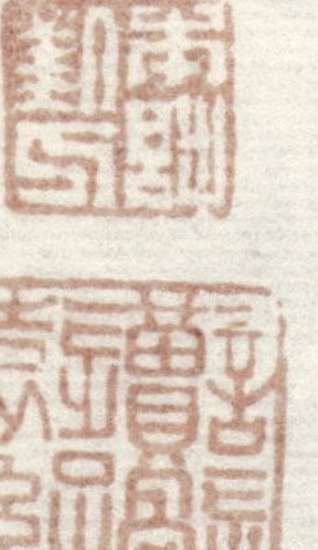

柳梢青

橫江雨過涼氣滿樓歎生調箏黯然何許（幽思）千里蘭臯微波欲化夢跡都消殘照銜雲斷虹吹雨天碧秋高　美人何處今宵腸斷也瓊卮玉簫水月如煙紅簾四捲桐影涼搖

生查子

裙帶錦紀央佩帶丁香結和露倚桃花媚眼流波纈心影水縈洄夢影山重疊絮語泛風香一翦鸚鵡舌

醉太平

城高斗橫山高月沈風吹門外飄鈴客將行未行

聲雨聲蛩鳴雁鳴惱伊枕上人聽夢將醒未醒

壺中天

烏篷船

曹娥西去灣環百里越江如鏡風好宜帆風定縴觸
荻乍聞笭箸鑼口停泊谿頭看浣逼袖春波冷苧蘿天
和晚山送到箸影　最憐嬌小魚娃椗樓粧罷照水斜
兜髻彩〻美花新水調我已年來慣聽槳碧椗煙舷紅
扣月客夢浮舷穩西陵樹色雁邊漸〻移近

前調

北池白蓮盛開

秋心無恙（涼到）尚淺波無恙相招小住摺扇輕衫人面〻占
取閒愁多許幽夢橫闌微颸度影欹我依〻語滿城烟
黍鷗槳人在何處（北池舊扁鷗槳園）聽否水閣西邊湘簾漾
夕細〻修簫謐伍唱偕紅衣一曲回首昨宵風雨薄醉
偏宜相憐不盡帶得香歸去蒼茫天際海東新月才吐

合 釣舡笛

沈火裊金猊細與夢雲吞吐詩到楝花開了〇又風風雨
雨〇 玉階春色已無多嬌燕慫迴舞認得雙〻人影在

簾閒咲語

齊天樂

絡緯

料難禁得秋心瘦生來便會淒怨花影牽牛銀河絡角

此夕涼深涼淺庭烟曳遍聽溼露還纏翦風不斷語

閨閣橫槊八自笑黃蝶寒衣曾未寄去也刀尺頻傍

憐惜嬌腕若個纏綿因誰苦楚夜夜更更轉枕函夢

短把恨萌愁絲一時繁亂起撥金徽玉門天際遠

天香

玉簪花

螢白凝肪麝黃點粟幺鸞弄影翩舞貯恨能深會情不

卷悦聽小瓊依語斷來響瞑翠墮梦纖無尋處月嬉風

三

[illegible]

[illegible]

[illegible]

[illegible]

[illegible]

[illegible]

[illegible]

[illegible]

[illegible]

[illegible]

水龍吟 改[illegible]中夫

愛僊

帆檣不夜娃娃船[illegible]

[illegible]船[illegible]最[illegible]兩頭紅人[illegible]

雙移出西冷[illegible]湖恰喜恬風力窄紅三去板四

[illegible]

兩頭人[illegible]斯斷蘋想攬[illegible]

[illegible]

得賣魚也好口不載[illegible]

[illegible]一[illegible]

欲行還息颶風檣一寸便[illegible]受去來口織翡翠[illegible]青

[illegible]

蛙擄雨一般[illegible]嗅漁孃[illegible]伊水點濺湘裙濕

[illegible]

江山船

鄉魚天見渥着[illegible]通船[illegible]翠穗紅軟處為家年

年送客夜〻，玉樽銀瑄，闌渚烟明，錢塘月朧，嚴灘風緩。

倒月簫聲，尋山隔鏡，一痕螺斷。從醒將才還，梦魂且

春波柳碧，畫着纖，歌移得思鄉，小轉箏舵，呼

嬝補帆，倩娘生就，楊花嫣懶，積多萍水相思，何草

潮流遠。

秋深柳

蘭渚

疏火照船，衾杜宇，千山啼梦醒，百里夜潮雙槳，月到越

王城。舵尾遂初停，小泊在第三短亭。木落烟昏雁飛

天遠，人語樓深。

柳梢青

登天觀臺平岸怪掠落日檣

無限依陋斜曛一痕羅浮四和底樹迴陵樹色晉寺烟霞萬疊西嶠訴落華風波海底一江東抗中有危臺

今宵樽酒重開潮不盡徐愁庾家地遠雲橫

天高星動月上潮來

湘華

吳山桂香唫館木犀盛開已洗東雨乍迴西照香深山遠翠明鳥嚶與倩笙坐酌其下邀鳳卿未來

斷嵐迴合濕露遙沈弄夕光明媚滿庭涼霞秋澹二十

二明璫橫翠隔煙潮白。要篩得苍䰟如水。怕碧天幺風飛来褪了苔根粉蕊 昨宵枕角愁聽問若個吹簫華月滿（浮）地枝疎照螢。薊。雪。影。欲。向。酒。心。吹。起。秋千池閣還憶否露邊橫髻騰今宵薄袖闌干。只有纖鸞同倚。。

買陂塘

邀鷗白葦葉心水買李六孃舡夕泛治坊浜人影隔苍水煙易暝不知愁波七里又消去幾許䰟也

趁斜陽撑撑槳子轉来斟酌橋渡曲璃十二船簾挂扇影乍迴風絮停復去儘蕩緑流紅着眼相儂汝粉塘夕

六

否恰藕葉兒央桃根姊妹一色晚煙護　堤南北錦纜亂牽芳樹好山迎媚無数波搖酒梦涼難定蕭響細能貼住還醉頤霎七里香雲淘盡鷗邊雨水楊依處恁三五樓臺蹤ミ鐙點夜半尚人語。

洞僊歌

曉窗鸚語惹一絲魂顫攏鬢扶花去潛遠怕水廊露鮮曲ミ彎ミ難瞞過繡屧印痕都遍　如今也秋矣梦影生涼立盡黄昏有誰管剩了海棠枝節月牆陰把零葉也都飄斷几門掩燈殘亂蛩啼伯乃尸鬍、聽來淒怨。

前調

湘鈎裊鳳溜釵邊花朶粉瓣無聲點衣妥把殘紅掬起

碧唾微黏揉半晌擲去要人兜裏 相看旋背面多事

佯羞窺鏡頻疑翠鬟鬌徙倚碧因紗窗訴相思又斜日

柳梢欲墮便臨去牽衣總無言暮雨點犀心不須猜破

又前調

猧兒夢熟更香深人悄拍扇憐伊蝗裙小漸肩山酒暈

帶汗生紅春倦也領扣背花鬆了 景慁沈夕照郵雲

橫箏商略柳邊露臺好竚影水精簾殘了瓜鐙又天上

玉河明到奈秋上鬢絲瘦無多便風露涼宜也須眠早

又前調

小鬟彈户振鐙華闌美脉〻良宵酒醒未恰璃鉤不挂
帳總如煙風漾〻漾得夢邊愁起憶〻還憎〻怯怯
嫺〻小小嬌憨總難記〻記病涼天鈿鳳斜扶几梳個
韓肩蟬鬢箕樣上青樣可憐生作一樣辛酸雨窗滴味。

菩薩鬘

十三絃子銀箏脆十三管子銀簧媚樓頭影剪涼波綠雲
天際多　纖鸞探翠羽人倚風燈語冷碧唾蘭紗烟絲
斜罥月花

南鄉子

擬晏小山

江日動流鷺江上朱樓照水明樓上女兒年十五盈盈衫與楊枝一樣青　無限此時情掉個蘭舟款款行人影忽沈簾忽下輕輕緩響鉤聲響釧聲。

又前調

湖雨弄湖煙家住湖東又一年蓮葉春來新貼水田田貼着儂心越可憐　盪得水光圓南去船還北去船只有兒央雙翼好翩翩飛去飛來恰一邊。

又高陽臺

拭唾題裙橫箏坐酒湖樓影事闌珊兩地鵑愁十年紅雨關山重逢了荏春如夢病夭桃褪了煙鬟泪偷彈紫

于園寫兀龍洲

玉犀釵敲斷闌干　舊歡那忍重提起勝柳鬣暗落桐
鳳秋紈黯到香魂牆陰誰護情牆西風明日錢塘路散
萍花吹聚應難情無言兩道煙青抹上眉彎

沁園春

唾

眉玉霏珠紺袖分將璃壺貯殘怪春深病渴咽愁蓮苦〔嘟〕
夜涼迴夢咽思梅酸齧盞臂潛盟偎頤私語留得些些濕
未乾舊情句〔若舊字詞字較穩〕怕小郎偷覷嚼碎還團　倦腰半晌低彎
驀點出華池氣若蘭記掠時偏急同心尺素卻來嬿黶
約指連環搓線穿針抱匳拭粉更貼殘花扇底看歌聲

噎春丁香舌小卷上櫻丸。

前調

息

脉〻依〻顧影依吁相思邂然甚雲屏吹嫋空時還喘

月面試遂尖霧能圓魚沫浮茶爵冰凍研歙絲呵紅捻

可憐聽私語怕觸醒雞鶉屏立闌邊　看伊欲斷仍連

佀空際遊絲臨碧煙想貼來兒面一般嬌細泥從郎枕

半晌纏綿酒氣微含花風暗噎弱到難禁春病年欠平

伽羅又東鄰姊妹催上秋千。

摸魚子

宿寶蓮寺題壁

問東風櫻桃湖上燕鶯多少歸去石龕燈暈搖涼栗梦影瘦堪如許天欲曙聽百八鐘聲敲落桐枝露䅿來誰主只覓几攤殘撥爐熱茗細酌枕邊句　依佪久繡佛相看無語曇華彈指微悟杜鵑啼破橫塘月不盡水蘋煙絮明日路賸一笠擫僧送我城南渡潮平響櫓進十蓬背相思吳門天際雲隔梵樓樹○

前調

盤門曉發舟中憶婿波樓

恨無情瞎風一霎碧烟遮斷城樹蓬回半折斜眠好恨

影浪花吹聚秋幾許墜一枕涼雲夢濕夫容露醒来又
誤道嗚咽瓔箏還歌子夜瘦燕舵樓語　憐儂否誰贈
洞庭芳杜江潭憔悴徐庾婿波樓上初三月賸有夗央
飛渡着尚嫵料後夜羅（淒）涼讀到羅襟句依〻柔櫓第四
岸遙山一湖晴照依舊送人去○

水調歌頭

太湖畦渡

三萬六千頃七十二夫容畦烟浩〻不盡遠水更濛〻
帆影蘆蒲深處人影琉璃明處雁影界長空山色互縈
結一百里東風　迷離樹是嶺橋是江楓晴雲接旭其

十

上黃色亂青蔥我坐舵樓吹遂不見蕪塘走馬衰響激
蛟龍破浪羨伊穩四扇側帆篷。

○玲瓏四犯

鸜脰湖舟夜依白石體

溆遠煙沈潮迴月沙響秋山涼月初上紅樓天咫尺流眄
生遐想蘋花一絲風颺槳雙雙漁娃兩兩簾角燈疏翠
鬟辮影水調狎鷗唱　幽情困之悵惘賸明漪如鏡涼
夢搖晃疏星浮蠏簖秋雪生魚網錦帆人去鴟夷老問
一舸西施無恙回首望七十二洞庭泱莽。

○青玉案

横塘夕午風微起弄楊柳絲ミ翠月色避人簾押墜樓
東人醉樓西人睡樓下空江水　一聲怨語驚遥遮有
鴻影ミ横山背不分傳来雙錦字昨宵枕上今宵帆底深
淺量愁味○

○子夜歌

綠鷄啼梦知何許玉笙淺淺深ミ語一縷漾簾鈎花雲
涼欲流　相看鬟半嚲酒暈櫻桃流迴影ミ舞春衣結燈
蝴蝶飛

○前調

攏箏誰唱春光好春漪一碧横塘草小雨鷓鴣嗁嫩寒

先病伊　藕花深處坐斜月兒央妥莫道悔些〻年來

還夢他

愁倚闌令

天涯多少愁䰟只隔着青山一痕顰葉橫江春黯〻人

去潮生　迢〻落日長亭風吹起楊花語鶯不是吳娘

腸斷曲總是愁聲

國香慢

東鄰叟貽白牡丹一枝供以磁瓶倚遂相賞

日午吟餘儘沈〻坐久脉〻移時分明似愁還笑欲背（譫〻香霏）

仍依怯香鼠姑風峭有墨花彈上羅衣相思夜來夢鬟

髯燈邊一樣憐伊　天涯正春杪看斷紅萬樹眾綠生
時洛陽何處美人斂袖相期我久閉門懺恨厭喧囂細五
牆
板金卮幽意倘微鑒好待詩成莫化烟飛

一枝春

剪春羅一名剪紅羅以磁盆縛菩種之楕然
可愛

疊疊輕輕罥闌干二月晴風無力天孫已嫁水樣軟綃
誰
無纖纖聲逗玉幐燕子帶紅斜掠搖夕日金翠糢糊六
扇畫檽烟隔　難描此花姿格只公翁郎詩句飄零堪憶
遊絲裊上似飄繡絨殘碧召吳雲半揖幾曾倩美人刀尺

憐一搦唾茜裙腰遜伊顏色

〈鳳凰臺上憶吹簫

重過綠影樓感舊

流水西邊畫橋東角柳陰一帶斜暉記那時尋夢小立
遲迴欲去竟回頭去朱門拚不合輕推闌干折落花飛
絮霧霧成堆　相思思之不見甚十三豆蔻窄袖彎着
便眠人燕子昨也南歸敢是夢留還住翠深深簾幕依
誰知今夜舊匳鸞鏡只月斜窺

金縷曲

錢馬

夜午門虛掩是何聲一聲〻動一聲〻慘撩亂情纏剛繫住又被月搖風撼疑夢落玉關天險𢧐模鵰飛重騎合和鵰絃彈出凉州犯冰雪影一燈閃　沈香記昔東君聽誤漁陽飛傳羽檄蒼奴碎膽我是秋聲館裏客對此壯懷頓黯甚白戰詆篇盈槧簫萬里雲如是耳便輪蹄錢折書生敢且咲舞白虹劍

前調

題萬石君房間記曲拈紅豆圖

別有消魂處湯評吟㬆風殘月大江東去唱起離鸞懊儂曲時石君以悼亡詞三十首示飄落細雲何許漾不斷秋心一縷

十三

賸有相思籬畔豆綠朝雲聘到君山女簫水瀏隔笙語

畫屏十二犀香貯記年時東園文讌天高月午翠掌橫飛人影亂涼到一衫花露看銀燭躍舵試舞痴絕七郎含徽醉倚紅紅細校燈邊譜道尚有一些些誤

小桃紅

坐也和愁坐臥也和愁臥月上梨花一簾吹雪夢涼難作去衛肌鈎花嚦嚦鳥啼便黃昏又過　若道多情可就說無情頗廝又難拋大鈴微響鳳雛已鎖雲東風吹斷剪刀聲問那人眠麼

疎簾澹月

竹仙靜志居

鐙花　和家柳僊

翠樓天暝又駝鉤下了画簾風定蕊吐蟲蟲一點紅胎纖孕澹黃未上闌干月早移来照伊蝗冷雨懷抱燬雙頭含蕊那宵人立　只小草相思一寸恐容易成灰玉釵挑醒瘮約相看桃葉隔江誰問料渠妹妹花零落逗星星鬢邊春影黃昏又到溫存難解怕闌芳訊○

○原作　姚仙俠甫

煎金小錠貯半勺蘭膏春波微凝寸草深添綻就玉蕊紅紅暈烟魂一縷縈寒爐怕敲棋損它清影似明忽暗穗含紅如豆夜闌人靜　恍解語銅壺漏永比重重

蓮吐欲拋未忍薄陰圓紗不落五更風冷只防蛾觸

摧芳訊颭向檽夢驚初醒愁添粧閣歸期暗下夢（把）衾

孤另

花蝶犯

偶檢舊贈嬙波樓南部十字有感合鳳蝶賣

花二令倚成此解音節頗諧

蛱蝗紅鼓枕妃央碧鈿車銅環十二綠周遮只種酸心

楳子樹不種枇杷　南部三妹嬙東風百合花那時聽

梦倚琵琶聽到一聲腸一斷○清淚彈些〻○

貂裘換酒

登掛霧頂

青拄天門笏俯羣巒亭亭玉朗偃霞迴覗手擷夫蓉凌石屋人侶盤霄健鶴浩唱與樵風相奮北去海天浮不盡指燕關齊岳搖花未潮紫翠盪烟色　十千塵事歸棋枰（上有棋盤石）　儘無聊敲泉煮茗鼎花沸雪十二水憮依不捲滄碧一層松樾約夢裏來尋仙跡月丽雲嫣蓮掌拓錦珊瑚飛上羅浮螘河漢影影結衣浯

○祝英臺近

八月夜舟泊大亭江不寐感影影事挑燈倚此兼寄韓蘋仙涼雨去年明月今夕美人天末

江水涓涓不知何處更尋秋夢也
趁潮來橫槳去蕩漾在煙渚濕柳濛濛泥語雜絃語鬧
伊瘦影相郁翠羅袖薄耐一夜燈邊涼雨　夢無主不
知此夕樓臺月色照何許無那思量不合那回住更堪
天遠山橫江平星濕聽三兩烏鵲啼樹

~~虞美人~~

虞美人草

明妃墓草湘妃竹一樣春時綠褒斜山色半烟霾曾有
江東獵騎踏青來　金戈玉帳俱黃土猶解娑婆舞莫
將哀怨似紅心卅六未央宮殿月輪沈

聽雨詞

埜橋道人倚聲

慶春宮

春日周澹品邀同小譜飲度心香室水榭聽
女郎王雙喜琵琶兼感舊遊

初煖烘花薄晴媚鳥畫簾不鎖春愁舊夢山香新聲水
調鳥誰宛轉句留四闌人悄隔衣影雲漪乍流慢疑前
度疏柳西泠月上洄舟　沿他翠鬟青眸更倩東風添
寫嬌柔明去蘋堤夕陽芳艸酒邊莫唱梁州恐伊小小
也淒咽香魂玉鉤絃停響遠不盡纏綿消與蘋鷗

薄掩春綃庭露夜深涼到海棠陰明月上坐吹簫　篆
雲如夢屏山碧門掩沈沈夕髻偏垂燈欲地酒微消
〈江城子
繡幌一曲夕陽殘夢漫漫淚潸潸枇葉東風吹綠滿闌
干莫怨春遲紅未放便開了有誰看
〈玉連環影
人瘦嫋影明波淄淺淺相思四陽深深柳一絲絲一枝（簾櫳橫）
枝撩得翠長青短兩邊思
〈遐方怨
雙燕子繞庭階絮絮喃喃香沈日斜人未迴鬢涼陰一

剪風裁早知花落盡不飛来

落花時

疎鐙隱〻柳絲搖樓近人遙春愁近日知深淺恐難掩雨着梢　東風江上花〻路吹雨添潮便伊流得殘紅去莫流向謝娘橋

釣船笛

幾日不登樓未識春光多少纔到春風一夜見滿城芳草　樓頭日〻鎖春陰樓外春聲悄纔放春晴一面聽滿山啼鳥

四字令

風高夜涼月昏斗黃迴燈舞袖低昂唱銅琶大江 危
〻武昌追〻漢陽英雄何處周郎但雲山攢蒼

菩薩蠻

月斜夢醒江南遠風絲陽枕幺禽囀不是杜鵑啼聲〻
喚画省 蘭橈烟際渡桃葉含愁去樓角動春潮柳枝
涼自搖

入謁金門

江樓倚我欲愁沈烟水〻〻白蘋歌未已日斜沙雁起
風景問君知否漫掉小舟迴艤舊日漁郎今有幾亂
流東邐迤

絳都春

同次閑滄巖〻譜登江聲颿影閣

雨晴碧窈憑淒楚客裡閑愁難掃翠斷畫闌不似年時珠簾結橫江一帶傷心艸漲春意徐〻催到兩三帆影迴煙轉水特迤斜照　縹緲家山一點越州遠望眼西陵遮了奈忍聽伊林影疎〻啼新鳥韶華容易天涯老問後侶飄零多少休題瓊管金卮那回懷抱

壺中天

既夜渡娥江觀孝女祠燈社

良宵幾許買春舫自濟中流延矚繚〻蘭濤催月上一

種吟心淒獸雲淨山疏風杳花遠星影搖明綠誰家沈醉畫樓天半吹燭　笑我歲歲辭家鷫(鸘)裘又敝漫黃菊菊斛人散蘋陰烟侶黛飛起紀央卅六小海西迴大江東去幽怨餘湘竹中郎詞在漫歌迎送神曲。

〈邁陂塘

大雪登吳山

洗平時愁紅怨綠又(還)留臢吠殘鳥還(喜)無塵俗吹襟帶逆面雲低天峭春尚小但(看)偃辟荒棋冷未全開到徑開漫掃總酒板茶簾淒涼山市人跡往來少　空贏得澂嚴短節箕帽玉峯惟(邀)我孤嘯趙家城闕疑金碧零落冥鴻

沍介風忽嬌和斷遂疏鐘片片空煙裊未容遠眺便知有江流更無帆見一色去昏窈

洞仙歌

燈下畫壁上瓶棋影寄懷馮丈柳東

横斜一角礙水花畫就香暈深深墨邊淺便疎鐙短榻聽雪愁風吟髭影也是者般消瘦　頻年羈海國明月西湖冷澹春光幾辜負官閣夕沈沈倚酒凝看問撩得舊吟情否怕惹夢孤山水亭邊見癯鶴淒涼暮寒時候

采桑子

隔花幢幔春深燕見了低頭去了迴眸耐可撩人不自

由清淚心中語昨日江舟今夕江樓一樣飄零兩樣愁

高陽臺

登越城酒樓

傍渚停橈尋沽上閣古愁飛到危闌不盡蒼涼又撩客淚潸潸種龍蠡席臣中傑侶行雲高絕誰拏賸無情芳草東風吹滿城灣　雷門不復聞鉦鼓只荒壕一角夕燕飛還廢臺老桐擁西望漫弔吳關幾多浣女春着影隔荒基臺白見微山綠樓殘絲柳緗桃空兩嬌闌。

浪淘沙

歌樓逢戴琴生即送其歸洞庭

宛轉縷金裳漫唱秋娘酒襟吟鬢看淒涼不信湖樓三載別減盡清狂　蹤跡碧柳絲長遠夢急微花雲邊隱隱見吳江春水蘋白明日路誰勸行觴

前調

答小譜

晴月上遙山院落人閒好花如夢隔烟看透得玲瓏春樣子只有闌干　琴語急迴端怨調徵彈勸君莫種楚江蘭紉了同心雙佩結欲解應難

好事近

再答小謎

影裏可憐姿消瘦春心多（何）許總似楊枝嬌弱慣愁烟愁

雨 屏山燈小被池寒背憶淒誰語試（鮮）鬭（否）宵來夢味換

變番甜苦

原作

佳約畫沈沈春在画簾深處空倚鸞簫低訴唱秋娘

金縷 有人愁絕上高樓聽風又聽雨欲向君邊夢

去恐君心酸楚

〈霓裳中序第一〉

柳翠井巷訪玉卿不遇聽馥郎歌四聲猿第

二折紀以慢聲弔古傷今滿春怨別不知寸
心欲何許也

苔煙盪暗瀲曲巷春人幾銷歇惆悵西湖舊別記怨響
流紅鬟嬌簧古珠闌一摺陽晚山江上千疊空留取酒
邊月影影貼夢到梧葉　愁絕背燈點拍屧又偏聽唱青簾詞
闋銀牀無限淒切怕井水生波美人夜咽管停垂倦纈
侶欲帶眭雲傍螳還迴袖笑折梨花點冷一肩雪○

齊天樂

題蘇芝樵惇元疏煩圖

叢青宿翠無昏晝危厓倒懸樵徑箐古啼鼯梁迴嘯狖

隔斷
刪盡人間煩聽白雲遠近問謝逝陳匕更誰高隱忽擊
空鐘亂山浩莽去千頃　銀濤如練去辟感洶今滌古
渺々何盡刪夢皈仙逃喧向寂舊味不堪回首節邊瘦
影想雨浥着寒風梳帶冷一角瓊臺碧桃天際暝

金鞠對夫容

秋水堂紀事同柳仙叶郎效其体

輕暖輕寒疑煙疑雨坐人水閣當中正金羊暈蠟玉馬
搖虹是春鬟影春花影亂酒邊香脆雲鬆沈々夜色深
々咲語密々簾櫳　却嘗帶醉生慵儘着疏痕翠靨淺
渦紅更沁絃細擘茜袖依龍是春歡曲春愁曲奈淒涼

座有吳儂梦迴人遠門開天白日上煙空

原作　姚仙

斗室罘罳瑣囪窱香溫嬰武簾櫳正韻留梅學豔吐東風莫嫌天氣微寒〻也羨匀粧粉膩重〻新詞倚就嘻風楊柳初日夫容　玉臺打疊詩筒豈目迷五色頭腦冬〻烘喜淳于闥飲決空雕雄擫管彈璈仙降也耳邊廂絳索丁東端相子細着梢凝碧燭影搖紅

唐多令

倚樓日遠春人不來

春梦小紅樓東風一笛愁游絲宛轉漾簾鉤簾外玉楳

花落盡空翠羽説啁啾　莫唱少年游斜陽冷欲秋美
人何處木蘭舟江水微花芳艸未還多事替春流

〈萬里春〉

舟輕槳細把春愁搖碎到湖心醮上微涼似昨宵天氣
湖鏡（不辨）消嵐暈（青紫）夕陽外水烟層起數（蕩）迷花人語花香在
東風就裏

〈少年游〉

春光旖旎段家橋如画倩誰描花動釵聞柳迴帘出風
暖絲鳶高　未堪鶯燕（殘日）催人去殘（燕語）日送迢迢蘇小墳頭
蘇公堤畔上巳看明朝

不必論珠玉識武列大家此中歌白雪
空際颺朱霞眼薄張三影心嘆溫八叉
清才誰比潔鐵榦老梅花
奉題大集即請正之
澹巖弟秦艸

翦鐙夜語

畫邊詞

已校錄副本完卷擬刻

癸巳七月二十五日上湖生手識

疏影樓詞卷下

癸巳人日柳東居閱

上元夕山諸氏讀於燈下

上湖草堂詩餘

蛟門 姚夔 汝梅

翦燈夜語

念奴嬌 鳳仙花

蜀綃霞膩比釵頭匀綵碧厨人翦憐佳女兒生性怎耐香年年[illegible]怨媚尾黄深栋翎翠小幺嘴纖紅卷求凰聲苦淚痕銀甲彈满　更似瘦孕蟬珠隔闌唾影圖惹煙絲串香夢乍迴宫月白十二臨春天遠裊玉釵鬟冷金蝴蝶畫樣翻秋扇井梧花落夕風一色吹亂

謁金門

江城春莫蓬聰曉涼殘夢未沉新愁如約倚舡歌此惟見淺渚鴛鴦拍拍背人飛去也

青山迴抹上曉鬟煙冷澹澹柳花飛不定。一絲眉月暝。罨畫溪邊春艇桃葉夢邊春枕盪破水邊鸂鶒影閃來人袖泣。

少年遊

擬張子野體

風峭簾垂人怯倚烟氣夕江沉迢迢雁去依依月上寂寂此時心　玉釵墮響誰重覓只賸粉暈羅衾瘦影看

燈斷腸聞笛夜淺夢難深

前調

窗網塵吹鬧夢斷雙鬢綠絲秋烋山瘦畫秋蕪翦畫不

合西高樓碧湘九轉春人去奈黯黯山時愁落鴉

夕陽颿與水東流

湘月

宿春晼樓閒隔花度曲聲

畫樓織暝閒蘅蕪豔綠秋色催換鳳小鸞纖記那夕十

二垂燈屏扇夢嫣雲衾浮涼水靜蝕生幽悄晶簾無

月一螢隔竹啼遞　偏又苦調櫻桃箏絃曳出是誰家

庭院想䩞蟬鬟涅燭影一息蘭絲吹怨細入花心輕搖

酒力罯抑聽微斷，如邀儂穌起尋舊篋璚管。○

金縷衣曲

六月十日程笠生邀同史竹庵王紵谿遊福

園水檽延月呂欄貯雲酒夢浮紅詩腸沁碧

洵雅集也院西隣王氏春翠閣擬同訪畦卿

錄事因醉未果悵然題壁情見乎詞。明日

扁舟又將之櫻桃湖上矣

直恁秋蕭瑟倚詩囊無聊傳戔添儂凄憶風過漪迴闌

影定罥起水葒花碧若箇在鷺邊橫遂空翠平浮斜照、

去到簾絲吹動晶雲白酒夢醒袖涼逼　愔愔昏簟人
無力怕明朝荻江鷗雨催歸蘭鷁欲問兜娘團扇約天
半美珠樓隔甚柳角華燈灩夕記昨明蟾初上鬟背冰
斂淺笑看山色螺點點漾煙汐。

望湘人

葉小譜[illegible]二若草堂話舊月色上箔霜華
在燈宿恨新愁異心同感矣

冗酸唫對燭愁語擁衾柝聲霜外徵逭露㶚煙深月肎
天遠不分淒涼回首酒送花迎背香飛到雛鴛明秀翦
一雙春眯撩人值得紅心怨瘦　使道初三下九者相

思貯得麝囊叩叩奈千疊雲山只在畫燈前後隔簾倚扇晚涼時節墮夢君還思否怕再覓一角西湖絮影吹殘閒柳

桃葉令 自度清商調

改七香桃花人面圖

天百五人三五娟娟花影膩雙鬟渺凝思何許 隔煙村露春痕怕黃昏鎖春魂一絲風一剪月一重門

浣溪沙

太平船

一幅蒲颿閃碧莎一絲繞羽夕陽拖平安載夢客中過

緩看秋山行似馬不驚春浪穩于鵝舵樓人唱定風波。

徵招

葉禹亭屬寫聽秋唫館圖不能無詞倚姜石帚詞自製黃鍾下徵調

遥聞槭槭蕭蕭響湖雲四檐橫接若有美人兮抱蘭心凄絶颭燈風一髮惹吟想細摇難貼是雨聲耶是梧桐片是芭蕉葉　究几一詩成開門看千山萬山明月餘響帶愁遥恰鴻飛天濶顧把雙筍檪袖新卷酒邊同說好添種箇箇瀟湘近紙牕安榻

不放此江人　斷金搭帶文珠沿鸚鵡語語：之風小重
睹寧品絲雙風露氣韻春深草語緩枝花隔住芳魂
醉花陰
沉怨伊嬌戀人如畫省雜家窓嬌紅行帶雨也
手且怨相依未還圍龍又背東風輕移明月影花寧沉
認翠押識花限下　青桂湘卻花春隨樹邊纖約難鄉
聽鄉使酒慧匯離恐語帕千種凄涼難許俗君不曾信
光草天涯數詢年聽腳斷鴻零落傷分春閒帶芳意到
有節始以金龍鸚鵡來白吉詞以告之
十樂樂廬風

換巢鸞鳳

有鄰媼以金籠鸚鵡來售者詞以告之

芳草天涯歎頻年聽厭斷鶼零鴿恁分春閣影寄怨到
牕紗使頑慧性解琵琶怕千種淒涼難訴他君不信
認翠押護愁低下　青挂湘翎妃秦隴樹遥纖弱離鄉
乍直恁相依未邀回寵又背東風輕嫁明月梨花夢沉
沉恐伊還戀人如畫看羅裳泫嫣紅宛轉啼也

醉花陰

𤏸罩晶鉤雙鳳碧露氣飄春濕翠影瀲桃花隔住愁魂
不放些紅入　欝金裙帶文珠爲戀影深深立風小動

鈴枝墮蜓無聲黏工湘烟褶

前調

水榭三層迴了鳥鬆翠明蟾抱扇影麗金波兜住桐華鳳子憐雙小　隔闌天碧羅雲掃星與螢流到一樣薄羅衣昨夜涼遲今夜涼偏早

虞美人

豔體

櫻桃花夢揉纖白粉閣玭箋夕屏山翦月海綃籠燭氣絲絲長工鬢煙鬆　兩痕愁影眉峰鎖小睡紅麸妥起彈蓮燭覓蟬鈿吹到鏡波如雪冷生肩

前調

晶天夕雪飄蘭素簾押雙珊互梅陰瘦翠喚涼魂夜半愁迴香月上斜門　衾鸞彈淵珧妃淚夢尾瘕雲碎肉紅新翦鬢邊貂醉倚琅玕七孔漏春嬀

金鞠對芙容

秋感詞

草換層黃潮迴遠白奈何天氣秋深向南樓久竚一種幽沈怨秋非怨秋容瘦只怨他瘦到心心偃花扶柳春還夢似而況如今　便堪寫入瑤琴奈七絃哀亂緒摠難尋算啼霜江雁是我知音若伊不向芙容宿繞微茫

落日煙岑箔垂燈上黃昏又到幾度看衾

菩薩蠻

浮碧嶼

一漪寒翠湖雲疊青山有影斜来接疎柳響煙聲釣船

三五橫　夜涼蘋葉吐風細聞鷗語月午碧濛濛更無

人住中

〇和作　　　葉元塤午生

晚風吹縐全湖水綠波四面搖空翠一抹澹黃昏遠

峯明夕陽　輕煙三五點難道皺来淺楊柳月溶々

畫橋東復東

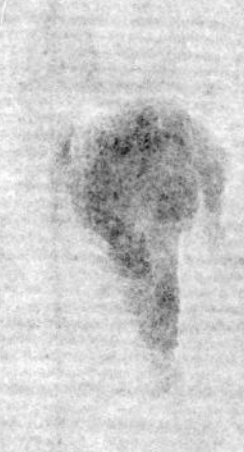

葉元垓 小譜

○

疎林煙織遥峯暝，鷺鷥點破斜陽影。孤嶼恰當中，四圍湖氣濛。　微風吹月上，一抹波心漾。雲散畫屏開，磬聲天外來。

憶舊遊

題午生海綃軒詞

甚野雲石帚，殘月屯田，格韻能超。青鬢韋郎瘦，倚畫簾雙髻，閒譜璚簫。慢歌小桃紅曲，花夢女兒嬌。午生嘗自言夢鳳仙花而生，故云 羨點點深深，三生早種，慧果情苗。　生綃倩誰寫似，脆管初簧，宛轉工調。我亦能愁語，但衾燈秋雨帆

「重疊金

燈夕同小謐

繡塵軟溫香無力天街月避樓臺色春影鬧蛾紅背燈

嬌憨煞儂　扶歸人醉倦夜定遙箏斷花煖護纖鸜簾風

轉哢聲

原作　　　葉小謐

滿城簫鼓浮空起燈明如雪吹羅綺蟬鬢貼花羞婿

波紅四流　星高湖氣約月澹春烟薄夜悄蕩芳魂

衫雲隔画門

「亂燕飛

〈[illegible]

[illegible]

[illegible]

[illegible]

[illegible]　[illegible]

[illegible]

[illegible]

[illegible]

[illegible]

[illegible]

略明朝好

解蹀躞

雪影

是否梨花柳絮天暝恰無月但和簾底梅魂盡清切驀

又隔墻依吹湍衣拂冷愁雲惹迴吟髓　蕊珠闕翦碎

瑤妃裳摺無烟忽遮滅又隨疎樹風梢半斜折一片靈

白面攏鬟迷春夢殘痕萬千胡菜

醉太平

枕邊唾花鬢邊燭花一簾彈（撲）上寒花是梅花雪花　年

如好花人如瘦花一襟彈上睡花是茶花酒花

到字重押

把涼影淵身揉碎驀碧天風露沈〻何處美人遥吹。

浣谿沙

疊帳涼雲爐鳳篝夫容蒼隔去來愁冷香如夢濕簾鉤
欲種長春天不雨誰歌子夜月當樓銀河風露浩然
秋

青玉案

集一得軒消寒賦雪得雪意

斜倚孤樓欞籠短帽聽一遂平吹到城郭茫〻鴉點少雲
頹水凍樹昏山暝風急篩殘照　壜簾隔坐寒藥小堤
夜氣逾沈峭湖上梅花開定到詩尋船背酒沽驢背商

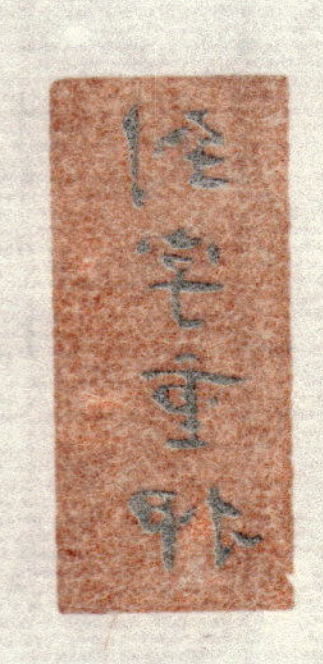

一片客愁浸冷那容小隱儘酒地花帆月天詘艇約個
漁郎柳橋釣雨一蓑穩　依回倚闌無奈風光如此好
欲別何忍影瘦看似山腸柔迴水夢也墮將烟暝鄉愁
驀併恁花落錢塘東南天迴雁字誰傳日斜雁初警○

湘華

同許蓮君楊竹士暨心水月夜憩飛沫亭

魚鱗吹蔦鷺泊飄颻作去晚涼天氣湖層月上峯瘦削
一角螺痕浮翠僧帆如葉曳燈影飛沈煙際不信伊清
絕風光也引杜陵愁思　可憐秋夢迢〻有蟬墮吟肩
螢上塵衫誰能拋得三十六水榭夫容搖佩循闌淺步

未起鸚姆低聲悄喚渾不管美人醉倦推枕凝思遲半晌倩鴉鬟料理釵簪亂移步出第三院　未消宿唾衫痕薔薇無端花枝低咲蕉心乍展七十二橋春打槳彷彿耶回曾見悵一縷情絲空留（夢影）亙信晴風吹夢（不斷）影（向）歸碧桃花底重迎面些些子恨果誰遣。

臺城路

薄莫偕心水散步湖堤登王氏鏡山樓明漪在簾迴飆蕩衣酒夢洗紅訨腸沁碧故山一角雲蒼樹茫未免有王粲倦鄉之感

湖樓秋滿盡簾靜此中有人閒凭鏡遠挹雲嵐明點點黛

隔烟画楼遥山月鉤梦和疏柳摇秋過西風幾郵　潮
聲來收露華欲流一雙飛入蓉洲是畫盡花醒醐

菩薩蠻

劉友竺三梨舫女鬟樸工詘寄團扇索余寫拈
梅萼并倚此拍

玉娥小謫是天種羅浮香盡流蘇夢鸞影春闌干挑臺
儂月寒　畫中人面省一掬香風影可是壽陽妃珊珊
綠暈衣

金縷曲

是那家池館叩重門銅環雙啟亂紅一片斜日滿樓墉

和浮碧君生

春黯銀篝眠未妥薄霧香衫涴簾捲月兒高月影搖花。人影花中坐。　荼影闌干嬌欲墮一角梨雲嚲蝴蝶夢沈沈到甜時被玉箏彈破

原作　　　　小謚

細雨和風窗外過蠟淚含紅墜薄醉不成眠門掩春深雲影屏山鎖　寶髻蓬鬆釵半嚲膩枕融香唾暈上酒三分一點靈犀羞把犯衾裏

醉太平

蓉江舟次

之是幅橅陸包山

洞庭七二峰〻接錦屏六扇夫容疊樓影隔春漪翠深聞鳥唬 舊遊空黯戀夢與湖雲遠風細落桃花水香浮釣槎

蝶戀花

雨中泛西湖晚歸

罨畫樓臺春鏡霧一笠西泠人喚紅船渡夢影分明湖上路蘋花飄盡鷗無語 回首幽情無着處水角依雲〻角江城樹樹角寒風城角雨愁聲欲捲愁人去。

醉花陰

樹迴嵐合四面暝霜色流微靚點點春螺過江影靚含情

青菰下有波千頃非烟不雨佀詎疑畫恐山意在湘衡

戀倚闌令

秋深木落看天際羣山彷淨明子瀍

風飈瑟葉凋零總關情我是江潭憔悴客庾蘭成 年年聽厭秋声尋山向流水孤亭無雁無雲天一碧晚来晴

子夜歌

洞庭兩山間色山尤勝陸叔平道勁之筆佀

畫邊詞

疏影樓主人手錄

浣谿沙

孔茘艇以畫幀四種屬賦各繫呂令共一篇

趙大年柳溪平遠一角

江北江南不盡思斷着橫到遠山姿晝陰簾幙晚涼時
天末煙颸遞翠下水邊香夢青鶯知風絲絲動柳絲

二

小桃紅

王摩詰山色有無中詩意

萬雲白天晶千里一色也頓豆人生塵岁無清

且詠也自製此聲倚一律野與梅花樹下歌

之節拍婉其韻合越音因題圖上錄寄小諧

撖遂

銀海浩茫茫，問梅花寄我何處好消息家山來一角村

樹城闉失遠碧誰橫樓笛喚醒荒驛棲鴉耿千萬個色

水外酒帘雜合兩三總蕭瑟　湖雲起千峯夕又昏黃

挂玉斜日嫦娥無縞袂獨夜空山定余憶夢須相覓奈

一天愁月淩風萃翻明璫總迢遥隔曉起重尋萬里依舊

寒白

水調歌頭

臘月二十七日自鶴皋旋里席上留別蘭士小譜昆季

今夕一樽酒明日大江東大江之水浩〻其上石尤風立我沙棠檣底北望舊譚詩處月氣散冥濛但見碧天外照雪五奇峰　此別也莫彈淚即重逢高堂有兩白髮寒夜警歸鴻〻雁還悲倦羽而我敝裘零落殘歲尚飄蓬諸君倘相憶梅影在簾櫳

問梅花

登樓眺兩湖五磊諸峰雪玉龍千亘上絕飛

素心蠟梅為葉蘭士賦時蘭士納姬小蕙

檀蕊綴黄冰犀約素種来紅雪樓前隅鏡迴燈瑶情逗出嫣然為誰含得香思遠惹淚眸悄極無言抱春雲一種幽癡應倩伊傳　捺渠磬口工微笑背鬟風顫夢也拂唫箋薄障輕綃夜深疑玉疑烟夢魂一樣清於水在人邊還在花邊月横斜澹澹相依脉脉相憐

一落索

獨立亂紅深處背風無語怪伊蝴蝶繞人飛卻不向花邊去　重上畫樓日莫江煙催雨帆来帆去總依稀惱多種垂楊樹

臺城路 徵吟[illegible]傳述

[illegible]樓上[illegible]聽香[illegible]竹煙一縷經[illegible]意轉腸中夾四角

添[illegible]樓無聲[illegible]處[illegible]無[illegible]漁[illegible]落[illegible]楊柳[illegible]

意[illegible]如遊畔[illegible]酒[illegible]開風美[illegible]煙[illegible]落[illegible]花[illegible]

如[illegible]和[illegible]繁華誰[illegible]今[illegible]有孤燈[illegible]誰[illegible]

[illegible]擁大半[illegible]覓[illegible]花[illegible]重門[illegible]開好月

羅[illegible]今[illegible]

[illegible]又[illegible]入[illegible]美[illegible]同集[illegible]

[illegible]

[illegible]

笛春潮况堪酒醒人去楊柳泰娘橋怨燕子鷓鴣用卷中怨東風詞語吟君舊句魂欲消

壺中天

登玉清樓感懷

此時風景但茫茫秋色沉沉欲夜百尺危樓人獨自天地誰憐登者木葉摧殘江流去盡落日千山赭更添愁色亂雲與雁南下　莫問舊夢年前紅裙翠袖銀燭橫杯斝幾慰功名文字顧眼底顏劉陶謝或感飄蓬還悲宿草浩唱吾今且明須歸去吳箏擊劍馳馬

卜算子

感寄花朝生作也苓梦未闌春人欲别兒絲蔦蘿之什何以為情燕南雁北之詠不堪卒讀聊續杜秋娘之韻以當河滿子之聲

咄咄知何許撫羅衿淚紅遍沁更無彈處寄語東風吹遠遠莫弄柳邊柔絮好迴護嬌鸎纖羽況未春闌到三月忍看伊和水飄零去怕正急渡頭雨　如蓮抱薏心雙苦倚闌干一番躊躇一番酸楚之芳艸輕烟桃葉槳為我約春暫住總早晚是春歸路寒欄荒燈詠鬢瘦更何堪添寫離筵句君不見茂陵樹。

太常引

不鈎簾子隔春波蒼影顫鬟螺一曲憶秦娥信落指冰
絃怨多　鳳閣鐘殘鷺湖月上金碧漾烟莎小馬杏韉
馱好裝束紅裙翠鞾○

〈臺城路

露臺高築妃央宅三層鬘華天上茗玉才情飛瓊年紀
十二霧鬟風鬢銀笙叶唱惹扇底愁飛燈邊情盪洞裏
桃花一千年別可無恙　半闌碧霄星斗恰彩雲斷處
麗月延賞綠桂迴鸞紅蕉翦蝠描出美人嬌樣摴鬪翠
醽怕曲罷遊仙萬重風浪醉也如何滄烟籠纈幌○

〈子夜歌

送小譜之杭州即用其留別韵

東風眼底帆如翦樓心飛夢錢塘遠龕赭兩山門春潮月一痕　玉驄油碧憶往事空腸斷唱我[illegible]柳枝歌六橋愁影多

原唱　小謐

流鶯聲裡春歸緩闌干紅雨堆花片把酒黯消魂羅衫新淚痕　斜陽天際遠帆影和潮捲欲別奈愁何江南芳草多

解連環

觀鄰女解九連環作

金絲細翦恁彎環裊就看時零亂背花陰掩袖凝思驀
玉響纖纖扣來銀釧葱指雙挑把恨結無端覓尋遍咲
團圞樣子層層拖住到頭不平斷　侶緣蟻珠宛轉侶
青蟬離去蛻絲蠶卸繭便輸伊錢石心腸怕幾度迴來
也須柔軟腸斷解慧鸚哥隔烟影頻頻偷見總憐如結梦疑
山只明一半。

沁園春

青

路隔冥冥好眼曾垂依着暗疑感韓憑衫影舊陵夜蝗
明妃鬢樣新匆秋蘼溪上無郎樓頭有梦劫悔泥蓮墜

後泒拈湘管看馮嫽題曲也爲情癡　蚨錢買斷相思
兀嫣杏纖楳味自知記孤燈挑淚十三年少雙鞋踏恨
二月春期照水能清依人慣倩小鳳翩翩撼遜伊江峯
遠撼雲邊仙鳥屢誤傳詞

前調

紅

醋醋心情燕呂之東西鵑嗁莫朝甚畫橋廿四春燈芍葯
彩樓十二夜梦櫻桃襞袖潮生泥顏玉軟酣到難扶瘦
易消挑殘麝憶虬髯倚拂石帚吹簫　軟塵十丈還飄
驀滿地東風舊怨撿況臨溪題葉迴腸淚沁隔屏拈豆

煞尾絃幺呼婢名雙投瓊除四夜々能嫣月々嬌教伊
豔說狀元賜酒宰相加袍

〔前調〕

白

洞室生靈塵辟塵簾雲明畫梁愛字飛欲活練裙寫到
酒浮疑墮紵曲歌將直恁清貞未容點污本色盜誇粉
飾強飛瓊邀憶銀河鸞背霓袖明璫　夙根淨到西方
恁纖綺蓮臺祝雜香更星高天謫呼名樓上月涼人泣
問姓潯陽私語難瞞宿冤都解玉是肌膚雪是腸心盟
水願竝頭雙老如此紀央

圖書在版編目（CIP）數據

疎影樓詞／［清］姚燮撰.—北京：國家圖書館出版社，2013.9

（中華再造善本）

ISBN 978-7-5013-4967-8

Ⅰ.①疎… Ⅱ.①姚… Ⅲ.①詞（文學）—作品集—中國—清代 Ⅳ.①I222.849

中國版本圖書館CIP數據核字（2013）第033544號

書名 疎影樓詞（一函一冊）

著者 ［清］姚燮 撰

出版 國家圖書館出版社（原北京圖書館出版社）

100034 北京市西城區文津街七號

發行 Tel:（010）66114536 Fax:（010）66121706

E-mail:Btsfxb@nlc.gov.cn（郵購）

印刷 揚州文津閣古籍印務有限公司

開本 八

印張 一三

版次 二〇一三年九月第一版第一次印刷

印數 一—二〇〇

書號 ISBN 978-7-5013-4967-8

定價 五二〇圓